ことば より そう

Kotoba Yori Sou

小沼純一 著

Jun'ichi Konuma

論創社

ひびき

みずをたたえたいくつものうつわ
皿のようにうすく、
瑠璃のように透けたうつわ

振動は
さざ波はそとから
うつわをとおして
なかのほうに
なかにむかって
つたわって
ゆく

だれも
なにも
う
　ってはいないのに
わ
　が
　　ひろがり、
つぼんでゆく

ゆれるみず
つねにさざなみだち
振動
がつたわっている
背後に、いや、ここで

耳にはいってくるのは水滴
の　おと（か）

うつわの水は
たんすうの　ふくすうの
からだのうごきに
共振している
めにみることのできないうごきにも
感応し
目にみえるようになる
みずにあらわれるうごきは
くうきの反復でもあって

（山海塾――一九七五年、主宰・天児牛大の舞踏アンサンブル――公演『遥か彼方からの―ひびき』〔一九九八〕に）

き

地中に埋まっていた
種子が芽をだし
葉をひろげ幹となり枝をのばして
大木になる
高速度撮影のように
一本の木がそだつ
土地からうまれ
世界中からもたらされる
うた
をうけいれ養分にして

自然なのに意志がある
うた
うたう
さまざまなうたに
手をのばし
握手して
あたらしいうた
うたい
うたっているものを
こえたうたになって

はやくち
律動的で
あいだにふとあらわれる子音

j
sh
t
唇や歯のあいだからもれる息
上下するメロディともうひとつ
べつの次元の音のうつくしさ
ほこり

（ドゥルス・ポンテス［Dulce Pontes、ポルトガルの歌手］に）

むすび　むすぼれ

ひとがモノとであうひとつのかたち
楽器
音
であいの〈とき〉のあとづけ
〈とき〉がつみかさなって
やってくる
耳かたむけるものに
音楽が

モノ　さわり
モノのさわり

モノのさわりかた
が
楽器の性質をきめてゆく
たたく、する、はじく、
はる、
ゆるめる、
のばす、ころがす、
ふく、すう……

ひとりひとりが音楽の環
聴き手と音楽の環

ばちをにぎるてのひら

つたわってくる振動
からだのむきをかえ
べつのものをひとうち
ひるがえる身
筋肉ののびちぢみ
ひかりのねつ
くうきの質感

（Nexus〔ネクサス〕〔一九七一年結成のカナダ、トロントを拠点とするパーカッション・アンサンブル〕来日公演に）

view

楽器のなかはられている絃
絃たち
のなか
ひらいている
ぽっかりあいているひろがりを
堪能し
ゆったりと呼吸する
ピアノ

音数すくなく
饒舌からとおく

内省し

だれの楽曲でも
しずかさへむけ
ひらかれる
ここ
ときとところのひろがりへ
ひら
かれる
そこ、に、おりたつ
ことば

こと

の

は
の音と音
音と音のあいだ
ときに聴き手が
気づく　気づける
意味から
浮かべたり
浮かべなかったりする
イメージ

ささやき
と
つぶやき
は

ことば
かどうか
わからないところ
へ
と

（橋本一子［ピアニスト／作曲家］のアルバム『view』〔二〇一一〕に）

アット・コットン・クラブ

目をあげる

天井が
壁が。
音楽が。
手にはグラス
まわりにはステージをむいている人たち
その横顔。

音楽
が、奏でられている

そこ、この空間をいっぱいに満たし。
グラスにはワインやカクテルの色が、
ステージではピアノの黒が、サックスの金が、
反射して。
ミュージシャンとリスナーが、
遠くなく、
ともに
表情がみえる
距離《へだたり》。

プレイヤーがのぞんだ、
と耳にした。
音・音楽と香りが、人の体温が、
ひととき、そこにいる人たちを結びつけてくれる。

昔の東京にはなかった。
ラジオにテレヴィ、レコードにジャズ・フェスティヴァル、
多くの人たちに、〈うた〉を届けて。
もっとべつのところ、
声の届く、ひとりひとりの顔がみえるところで、
《マイ・ディア・ライフ》を吹きたい――
そんな想像をしてみる。
コットン・クラブ、
ジャズの生まれた
海のむこう、
たくさんのミュージシャンがとおっていった
栄光の名をかさねて。

（渡辺貞夫［サックス・プレイヤー／作曲家］のコットン・クラブでのライヴに）

なみ

眼の前のことどもを
ことどもが広げる波紋を
詩に
また
ふしにのる詞に
造形する
やさしくも豪快で
さびしい男性に
静かに
乾杯を
ヴィニシウス

ヴィニシウス
モライス

（ヴィニシウス・モライス［Vinicius de Moraes、ブラジルの詩人・作家・音楽家・外交官、一九一三〜一九八〇］をめぐるドキュメンタリー映画『ヴィニシウス　愛とボサノヴァの日々』［Vinicius, 二〇〇九］に）

グラスハウス

デュオ、
ふたりのミュージシャン
が
おなじ時間、
おなじ空気を共有する音楽が、
ふたりからさんにんへ、
ながれのなか、
ふ、っとふえ。

充実と余裕のなかにしかありえない緊張と、
信頼と落ち着きのなかにこそある豊かさ。

音が発せられ、
つながって音楽になってゆくさまと、
音が減衰し、消え、沈黙へかえってゆくさま　と、
で織りなされる、
曲ごとの質感。
あ、これは……、
変化をともないつつかえってくる、
ふたつのメロディとハーモニー。
こんな時間を、
おもいださせてくれる、
ひとつひとつの曲でなく、
つらなってゆく曲の

（伊藤ゴロー［ギタリスト／作曲家］のアルバム『GLASSHAUS』〔二〇一二〕に）

Postludium

木でできたボディのように、
内にこもり共鳴する独白、
と、
外にむかいほかの楽器たちと交わす対話、
と。
ここでひびくギターは後者、
それも
対話の空気そのものをつくりだすところ。
ある話題にはゆったりと、
ある話題ではちょっと熱く。
すこしさがった、

落ちついた声。
親しいひとたちの対話を聴かせてもらう
小さなスペースでのトークショーのよう、な。
大きなコンサートのあと、
リラックスして
仲間だけで演奏しているのを垣間みたよう、な。
だから、「あと」の曲、
あとでかなでられる、
かなえられる音楽。

（伊藤ゴローのアルバム『POSTLUDIUM』〔二〇一三〕に）

て つなぎ

ピアノと声
削ぎ落とされた場から呼びかえされる詩人のことば
何年も
何十年も前の
ことばが、いま、合衆国に必要だから
もっと世界に届くべき
と
女性のうたいてが
男性のピアノ弾きが意志する
目指してきたもの
試みてきたものは異なっている

ひとつところ
何かがみずからのうちにあり
外にだそうと
ひとに伝えようと
しぐさが表現で
表現への敬意を
互いに肯定しあうふたりが
ありし日の詩人を
詩人のことばをとおして手をつなぎ
新たなあらわしを

（パティ・スミス［Patti Smith、アメリカ合衆国の詩人・歌手］×フィリップ・グラス［Philip Glass、アメリカ合衆国の作曲家］
による公演『THE POET SPEAKS　ギンズバーグへのオマージュ』〔すみだトリフォニーホール、二〇一六〕に）

いと　おしみ

あらし
うみ
そら
ゆめ
のぞみ
あい

うたう
はずかしげ
うしろめたさ

はずかしげ
うしろめたさ
を
おぼえ
わすれる
ひととき

うた
の
ながく
つたわってきた
歴史が生きている
ここだから

あ、
のど、が
せいたい、が
ふるえている
ふるえ
がとまったとき
とめるとき
うたはとぎれる

緊張のつづく持続を感じているのに
なぜか
おおらかな希望のなかに
身をひたしているような

ひとつ
ひとつ
音
いとおしみ
うたう
きばりすぎずに
うたう

テレーザ
テレーザ
オブリガード

（テレーザ・サルゲイロ［Teresa Salgueiro、ポルトガルの歌手］に）

はじめての

朝の音楽。
目がさめて、腕をいっぱいにのばす。
ひと呼吸して、
鍵盤に、ピアノに、むかう。
天気はどうかな。
すっきり晴天。
灰色の曇天。
しとしと降る雨。
真っ白の雪。
指さきが描きだす曲線は、
天気や気温や湿度とともに、

毎日違う。
正直なのが、
いちばんの正直が、朝。
朝の音楽、朝のピアノ。
届いたアルバムを、
奏でられた音楽を、
聴きたいのは、この時間。
濃いコーヒーを、番茶を、オレンジジジュースを用意して、
寝起きのからだにかおりと音が。
ね、
はじめ
はじめ、て
はじめ、ての
レッスン

はじめて、ね、
はじめての、
ピアノ、レッスン

（谷川公子［ピアニスト／作曲家］のアルバム『First Piano Lesson／はじめてのピアノレッスン』〔二〇一八〕に）

さいかいへ

みはるかす
なみのかなた
とおくからとどく
みちのひびきをゆめみて
らしんばんにてをかざす
いまだけのおと、いまだけのおんがくが
ほしい、そんなねがいをいだいて
おいかぜが
るすのホールのなか、吹いてくるのをまっている

（横浜みなとみらいホール〔クイーンズスクエア横浜内にある一九九八年開館の音楽ホール〕・リニューアル〔二〇二二〕に）

おとなりのおんがくか

きっと
ヴァイオリンが弾けるのが自慢なおとこの子
自慢というより
弾いて　聴いてもらうのが好き
おんなの子がおとなりにこしてきて
ヴァイオリンを弾いてみる。
熱がこもって　だんだんと
張り切り過ぎて
椅子から落ちてしまったり

窓のそば、

鳥がとおりすぎ、
葉が落ちたり。
色はなく
音楽は奏でられ、
何らかのはたらきかけがまわりにおこる。
と、

色、があらわれ
はじめヴァイオリンを弾くおとこの子のまわりだけ
色も変化する
おんなの子がピアノを弾くと
窓のまわりに色があらわれ

それぞれの部屋のフェンスに色がわずかにつく、
光の色をうけてちょっと発色する、

少女のピアノに、少年がヴァイオリンをあわせ、
音楽が「一緒」になったとき。
ふたりが目をつむると、
部屋も、壁も、建物もなくなって、
べつべつにあった色たちが、
大きくひとつの色の広がりになる。

森のなか動物たちが木陰からみている
ふたりは木々を、動物たちを感じる。
丁寧にあいさつをする、
きいているものたちにむけて。

ふたりが弾いていたのはそれぞれの部屋。
音は、でも、外にもれてくる。

窓はとおりみち。
音楽は部屋から窓へ、窓から外へと
ほかの窓へ、ほかの部屋へ、あるいは街路へと。
もれでた音を、音楽を、
ひと、ひとびとは、
それぞれに、いっしょに、きいている。
音・音楽をわけあっている。

ページごとに変化する色、色たち。
みているわたし、わたしたちの印象もまた。
血圧や心拍数を高めたりする、
赤やオレンジ、黄といった暖色、
逆のはたらきの、青を中心とする、寒色。
音の波動と色の波動が、

絵から、手にするわたしたちへ。

ふたりはひとつの曲を弾いている。
ひとつの曲も時間のなか、
変化に富んでいる、いるはず。
色として、色の組みあわせとして、
色が円だったり楕円だったり、風景そのものだったり、
配置され、空間をうみだして。
もともとは LES VOISINS MUSICIENS、
おとなりさんの VOISINS はどれもおなじ色、
音楽家を意味する MUSICIENS は
九文字どれも異なった色づかい。

色は、波となって振動しながら、すすんでゆく。

音もおなじ。
白黒の、変哲もない生活のなかに、
音楽が奏でられることで色がおきる。
音楽と色という二つの波動が、
絵本のなかひびきあい、
べつの世界を浮きあがらせる。
描かれた世界、絵で描かれた世界に、色が加わり、
ひと、と、ひと、
とのあいだを音・音楽がつなげてゆく。
そこにない音・音楽をとおして。

カヴァーをはずすと。
すべすべしたのとはちがう、
どこかやわらかいてざわりが。

このてざわりのまま、あらためてページをめくり、
五感をとおして絵本をあじわう。
わたし、わたしたちに与えられた色、
と、
音・音楽という感覚のおくりものに驚きながら。

（渋谷純子［フランス在住の絵本作家］の『おとなりのおんがくか』〔フィルムアート社、二〇一二〕に）

リワイルディング

豊かな、うるさいほど豊かな音が。
その音は人のものでなく。
オーケストラによる音楽
と
男性のナレーションは、
野生の生きものの発する音
（いきする・なく・よぶ・さけぶ・うたう
ふむ・ほる・あたる・のむ・はむ）
を、
水や雪、風や嵐、草や葉や木の音
を、

生きざまを、
人の知覚できるかたちに、
人の追えるストーリーにととのえ、
オランダ語の〝r〟や〝z〟に彩られながら、
「映画」を手わたしてくれる。
カメラのクローズアップ、
いくつかの個体を、
種の、
群れのなかの個体を。
季節のめぐりに、
個体はそれぞれの〈うた〉を歌い、
からみあう。
個々の生が並行しからみあうありようを
生きている

映しだされるものたち。
わたし－たちは映画をみ、
〈うた〉たちが織りなすもうひとつ大きな〈音楽〉を
わたし－たち
この〈音楽〉に手をふれぬまま

（映画『あたらしい野生の地　リワイルディング』〔De Nieuwe Wildernis, 二〇一三〕、〔監督はオランダのマルク・フェルケルク（Mark Verkerk）〕と、この列島での公開を実現した管啓次郎〔詩人・大学教授（専門は比較詩学）〕に）

地図は、どこ

陽だまりを
追いかけて
待ちくたびれる
犬のいた／いない
子どものころをおもいだす

☆

沖にむかって
尾をふる
憎しみなんかない

したいことだって　ない
頼ってくるのは
貝殻のおくふかく
火のかわりにともしている
ろうそくのゆえ

☆

かむ　かみきる
もう　いちど　もう　にど　と
画家が絵にむかうよう
わきめをふらず
てを　あしを　せ
んにむかって

しびれをきらし

☆

なつかしい
回転木馬を
やっと　みつけて
松の実でほおをいっぱいに
待ちくたびれた日々は　きまりなどなく

☆

開花日は
忘れない
なつかしい
かみがみののこした
景色を　たんねんに（よ）みかえし
じかに
朗読へと
うつしかえ

☆

屋根をみあげながら
街を　まわった
もたれかかった

戸には
揺れている
名のすりきれた名札が

☆

道／未知　まよいたい
なるように　なりたい
見回して
退屈して
にほ　さんぽ
明日はかげを
探しにゆく
こだまとなって

☆

居場所を探している
ノートに記して
靴を履き替える
待つだけじゃない
躓いてもでかけたい
猫になごみながら
街道へむかってゆく
ずっと

☆

水路に沿っていくのは
偽装
やはり　ほんとうは
迷っているだけなんだろう
陽ざしをさけながら
ゆくさきを
決めあぐねて

☆

襟巻に　みかん
んのかおり
じゅんじゅんに
ようきをまわして

うれゆくさまを
じっとみる
あした　あさって
約束もなく

☆

たいしたことじゃない
経験にたよりはしない
闇に
まぎれて
名をけして
おたおたしながら
踏みこんでゆく

みたこともない店へ

☆

まみれるのは
地図
だめなものは
計画
井戸のなかにみつかるのは
西瓜
ケシのみ

☆

似てくるのは
しまいのほう　しばいのほう
むずかしいのは
ランダムな
順番
雪降りそうな　に
んたいの
ことば

☆

みて　みない　ち
ずをたどる
のんびりできないまま

冷静に
井戸をさがす
こうえんに

☆

五月雨に壁
掻きあぐね
て　あて　てのあと
世のかたちを
失わず
字におきかえる

（戯曲『Speak low, no tail(tale)／すぴぃくろう／ノーティル』を演じてくだすった燐光群〔一九八三年、劇作家・演出家の坂手洋二が旗揚げした劇団〕のみなさん〔役者、演出家・演出助手のかたがたの姓名を折りこんで〕へ）

おる　ごるとべるく

錯覚
かもしれない
しれない
けれど

楽器にむかって弾いている
鍵盤に指があり
むこう
で
音がする

おと
する
と
ひだり
に
みぎ
うごく

うごいているのが
わかる

楽器のどこ
で
音がしているのか

かんじる

音の位置が
おと、がどこにいるのか、
どこでうごいているのか、

おと
おとずれる
おとずれ
が
わかる

《ゴルトベルク変奏曲》

ひくのは
わたし
いや
大木和音
のはずなのに

よく知っている
知られているテーマ
くりかえしにはストップを変え
ていねいに

変奏のまえ　と　あと
鍵盤から手をはなし
ひと呼吸

変奏のつらなりを
ひとつの曲・集
のように
楽器のひびきが空気の
空間のなか
消えさるまで耳をすまし
あらためて
つぎに
つぎ
へと

間をおく
心身をリリースする

無理のない
奇をてらわないテンポで
べつの曲
べつの世界のように

左の手
左の指

おとずれてくる
ひく
ひくいおと
の

まい

とりのはね
金属の絃
はじ　いて

ひきては
ひと　ひと
のあいだ
おりあげる
目にみえぬもの

みぎ　ひだり
うえ　した
にからみ

ステップをこうごに
ふむ
手同士
が
ちかくある
とおくある
とき
音域で音色がかわる

とき
に
べつべつ
に
付点や休止が

さがってくる音型が
右のとはちがうところで
ふたり
ふたり　さんにんの
踊り子たち

《ゴルトベルク変奏曲》を
あんで　ほどく
ペネロープ
ペネロペイア
よる
よってくる
おんがくの

ま

（大木和音「チェンバリスト」のCD、J.S.バッハ
『ゴルトベルク変奏曲』〔二〇一一〕に）

お、だ・みえ、だ

詩人がいて、詩を書く。
詩があって、詩を読むひとがいる。
読むひとが
ときに
ことばの音楽を音・楽音の音楽に
ちょ
　っと
寄せて
うたにする。
うたを歌うひとがいて
寄り添う楽の器のひびきがある。

読まれ
ときには歌われてきた詩を
あらためて、
うたにする。
いま、生きている
からだをとおして読んだ
詩、詩たちを
前の世紀に書かれたことばを
いまのからだをとおして
うたに
作曲家は、ピアノ弾きは、
声を、
うたうひとに託す。

「歌曲」でも「ポップス」でもなく、
いや、
どっちでもあり
どっちでもないうた、
うたと呼んであげればいい。

詩はことばによる音楽
音・楽音による音楽とはちがう
うた、
は、双方の「音楽」が歩み寄り、
ときに重心を左に右に変え、
揺れ動く。
ことば
の意味をところどころ

クロース
　　アップし、
ときに曖昧にして、
ひとつのかたちを織りだして。

ふつうの文章、
文字に書かれた散文が歩行
なら
詩はダンス。
ならば、歌われた詩は?
ダンス、ダンス。
ダンスの二乗。

三枝伸太郎がつくり、

小田朋美が歌う詩、
ダンスより、スキップ、
ちがうな、
イチ・イチ・イチ
拍　とるようなのじゃなく、
歩きながら、
ふと、
みずたまりをよけたり、
点滅する青信号で
ふと足早になったり、
猫をみかけて
ゆっくりになったり、
敷石をとんだり、
つまずきかけたり、

が
まじってくる。
人が生きていて、
鼓動があって、呼吸があって
の
リズムとシンクロし、
ちょっと揺れるさま、
ふつうにつかっていることば
の高さ低さ、
てん
　　や
まる
の区切り、
間、

うたになる、
うたになりきらない息や声、
ことばと声の、
ことばが唇を、口を、歯を、舌を、
喉をとおして声になる音の、
つながりを、
ピアノの音、
フェルトにつつまれた木が
金属の絃を
うって、
すぐ消えてゆく
音、
つぎつぎにくりだしてくるピアノ
の、

鐘の音とともに、宙にはなって

詩
を
もっと、
べつのかたちで、
詩にする。
うたにはできるのかもしれない。
そんなこと
意識してうたをつくり、
うたっている、
のかも
声を、
楽器をとおし、

この空間、この時間
にことばを広げる、
ことばを聴くひとたちにむけ
蒔く
撒かれたうたはすぐ、
耳にした、からだでうけた
ひと、ひとたちで芽吹く
きっと、これはそんなうた。
そんな声。
そんな、音楽。

（小田朋美［歌手／作曲家］＆三枝伸太郎［ピアニスト／作曲家］のアルバム『私が一番きれいだったとき』〔二〇一八〕に）

せんのはる

かぎられているから
みえてくるもの
きこえてくるもの

ひとつの音がさまざまな表情で、
間をおいて、くりかえされる
ふたつの音が
ふたつ
だからこそ
どちらに重心をおくべきか
逡巡しながら

上につき
下につきながら
ゆれ　うごく
たとえば風鐸の、
たとえば鳥の、
ひとつところから始まりながら、
ほうぼうの風鐸が、鳥が、
いつしかひびき、
鳴きかわすよう
ときに、
装飾的にこまかい音たちが
あたりに集まっては、
また散っていったりもして

与えられるものがある
たとえば楽器、
というような
可能性を秘めたうつ　わ
ここから
さまざまな音が、
音楽が生まれる
生まれる、かもしれない、
を持って

ごくかぎられたアプローチに
こだわって
ピアノの、ひとつの鍵盤をたたく、
音に耳をすます、

鍵盤を押しつづける、
ペダルを踏む、
タッチを変える、と
ただのエクササイズに、
パラノイアックなしぐさに
みえる？　みえない？
子どものあそびに、
呪術に、
みえる？

打鍵する。
心身の、神経や筋肉の、
意識・無意識がはたらき、
時間と空間の交差するところに

きりこむ
フルートの、
ほとんど呼吸、
いや息を吸う・吐く
生のいとなみを音で
提起する
かのような
息を吸って、
　　　とめて、
　　　　　管に吹きこむ
角度とつよさ、
息の安定・不安定で生まれる
わずかで複雑なスペクトル

饒舌でない
語り口も、
語ろうとするむきも違う
かぎられたみぶり、
ちょっとした間のしずまり、
は、
休止符で記され
休止を待機している心身を、
聴き手は感じとる

ひとつひとつの作品があり、
それぞれは完結している
聴き手を享受する。
それぞれの作品を聴く体験は、

音楽を聴く、
鑑賞するとは違った、
作品＝時間の持続
呼吸を鍛錬する、
音へのむかい方を修練する、
聴き手がみずからの心身を気づく
よう。

音楽がどこにでもあり、
消費され、聴きながされる
何らかの役をになわされて
つかわれる
音楽でリラックスする、
そう

みえてしまいながら、
逆手にとって、
音楽を聴いている、
むきあっているときには、
緊張しながらリラックスする、
リラックスしながら緊張を
保つ
この音楽を

（若林千春〔作曲家／ピアニスト〕のアルバム
『玉響＊ぴあにッシモ』〔二〇一五〕に）

あえかなる

であう
であわせる
であう、
に寄り添う

他者と作品
それぞれの出会いのかたち
それぞれの人（たち）
にあるもの、
通りすぎてきたもの、蓄えられて
きたもの、培ってきたもの
が重なりあって。

映画は、
内藤礼の作品にふれたひとり
ひとり
を照らし、
女性たちは内藤礼作品を「演奏」
する、
そこにいて、いることで。
だから、映画だ。
映画でなくては。
あの作品、あの映画、
空間をもった、時間をもった、動

く作品だ、から。
水と風で
ひとの奥にあるものを誘いだし。

☆

内藤礼の作品にふれる
わたし。
作品にふれる、
何もないわたしでなく
日々生活し
何かしらがおこっていて、
何かしらをかかえている

わたし。
水が、川が、ながれる。
信号で待っていた人たちが
道をわたる。
くるまがとおる。
電車がはしってゆく。
よこへ、水平へうごいてゆく。
こうしたことどもがある世界、
人びとが生活しているなか、
わたしはいる。

作品、でなくてもかまわない、
すべてのもの、こと、でいい。
でも

作品、なのだ、きっと。
あるひとが、
これまでなかったもの、
を送りだしてくる。
送り、
贈りだして
くる。

作品から何かをおくられて、
わたし
は何かを感じながら、
還元できない。
だから
つくりてへ、へと、

むかう、むかおうとする。
どうして
こうしたものが生まれてくるのか
どうして、ある、のか。

画面に声がかさなる。
わたし、が語り、
わたし、の声がする。
私的な映画。
わたし、が誰なのか、
しばらく（は）わからない。
このわたしは誰なのか。
声
を発しているひととおなじなの

か。
文字に記されたものを、
べつのひとが、
ナレーターがよんでいるのか。
内藤礼も
わずかに、ごくわずかに、
姿
をあらわすばかり。
ことばも、
文字として、画面上にあらわれる、
モニターにでてくるものがあり、
ほんのすこし、声、がある。
わたし、
は、
「内藤さん」と呼びつづけ。

☆

画面は微細なうごきに満ち
美術作品を映像で撮る
意味が、
美術家を撮る意味は、あるか。

映画
でなかったらとらえられないもの
水のうごきひとつ
晴天の、雨の
それぞれのさま。

ひとが訪れるときは固有の体験、
かけがえのない体験。
そうした唯一性でなく、
映像がとらえた、
べつのときの唯一性、
わたし・わたしたち
がそこにいなかった、
であえなかったときがそこに。
あえかな
あえなかった
ちいさな水、
ふるふるとふるえ、うごいて。
うごき、は映画のもの。
映画が「教えてくれる」。

それは時間。
ノイズを含みながら
ひびいている音楽。
ときに、不意にやむ、
無音。
映像とともにある声。
ナレーションと、
作家の発した声
声を文字にしたもの、
作家自身の声、
パソコン画面上の文字。

女性たちの声がぽつりぽつりと、
まじってくる。

ポリフォニー
複数の声たちになって、
前後
たどたどしいバッハ《パルティータ》プレリュードを弾く手。
さりげなくなにげない、
「構築」されてゆくかたち。

☆

内藤礼《母型》にふれたわたし、
感じているのがたしかなものか、
あるのかないのか、
他者をつうじて

確かめようと、
映画をみたものへ、
あなたはどうだろうか、
と問い掛け、
誘いかけ。
それ
が、『あえかなる部屋』。
瀬戸内海
の豊島美術館があり、
美術館が作品と一体化した空間となって、
水がわき、ながれ、まじり、
すいこまれる、
ひとが訪れ、たたずむ時間が、

わたし、
わたしたちのみる、
　　　　みている時間
が、
ある。
舞台でありつつ主題、
出発点でありつつ終着点、
この場でおこることそのもの、
おもむかなければ、
いや、
おもむいても
ありえない作用、への手探り。
おもい

の
おずおずと
手渡されるプロセスが、
もうひとつの作品になる。
なにかにふれ
て
わたしのなかで変わったり
生まれたりする
　　　　するもの
　　　　　　　がある。
ほんとうのこと
　　　　　なのだろうか。
わたしだけの
　　　　　だろうか。

わたしだから、
　　　か。
問いをたしかめる、
いや、
問い
が生まれてくるようなところに、
居合わせることができたら。
他者が、
異なった世代の女性たちが、
招かれる。

《母型》を、
みに、腰をあげる、

あげる、
か、どうか。
あなたは？
と、
あなたは《母型》にふれ、
どう？
と問い掛けられて。

（中村佑子［映画作家・文筆家］の映画
『あえかなる部屋』〔二〇一五〕に）

ま　と

まど
をかく

☆

まど
の
むこう
み
えない
ひろがり

ふかさ
ふか
み
ふ
りかえ
って

ちかくに
よる
あのひ
あのひと
すがた
おと　ずれ

☆

みえる
め
まどから
かえ
かえ
し
かえして
くる
め
とおく
み
はるかす

ほし
ひと
み

☆

ここ
にある
ずっと　ある
とき
すごしてきた
とき
ながい
とき

みせて　　　　　　　　まど
くる　　　　　　　　　と
まど　　　　　　　　　とい
　　　　　　　　　　　ながら

☆

まど
あ
いて
まど
か
いて
ま
と

（堀江栞［画家］に）

せん、や、いち、や

〝幻惑するみたいな〟〝媚薬…〟〝ど……〟〝神経が、どこかの、神経が、妙に冴えているのに〟〝ほかのところがすべて〟〝とろとろと……〟〝とろけそうに〟〝ねむりこんでしまうような〟〝あの？〟〝リズム〟〝あのリズム？〟〝脈、たどるみたいな〟〝とぎれなく、とき、に、とまる〟〝やめる、だけの〟〝てのひら〟〝ゆびで〟〝うってる〟〝うた／うたうって〟〝ゆび、の、指紋の〟〝てのひらの、生命線…運命線〟〝フェルディナン？〟〝ピエロ？〟〝冗談……ふふ〟〝ものが、たり、って〟〝起きているため？〟〝ねむる〟〝ねむり、こむ、〟〝ため？〟〝まどろむ〟〝ため？〟〝きかない、ため〟〝ため〟〝ない〟〝ため〟〝ミソラシラソラソ／ミソラシラソラソ…〟〝きい、てる、でしょ？〟〝きい、て、ない〟〝おぼえているだけ〟〝ずっと？〟〝いつからか〟〝ずっと〟〝そう〟〝音が〟〝さわ〟〝さわ、っている〟〝どこ？〟〝かんじ〟〝かんじる〟〝かんじ、ない〟〝どこ？〟〝どこ、まで〟〝どこまで？〟〝飲んでいる？〟〝音？〟〝おぼえてない〟〝のんでない〟〝まさか〟〝うそ〟〝ふふ〟〝音なんて、うそ〟〝のめば、ね〟〝のまれてる〟〝かも〟〝なに？〟〝なに、に？〟〝ものがたり〟〝足り？〟〝ねむり〟〝ねむりきる〟〝ものがたり〟〝ものが足り、ねむり、きる…〟〝はじめから〟〝一晩、二晩〟〝ずっと〟〝千と〟〝一？〟〝線と〟〝位置〟〝つ、まらない…〟〝とろとろと……〟〝媚薬みたいな〟〝いちから？〟〝わからない〟〝……〟〝ながい？〟〝かも〟〝ながい〟〝かな？〟〝ねむって〟〝いない〟〝いなかった〟〝でしょ？〟〝ものが、足り〟〝おと、なり〟〝おと、ずれて〟〝千と〟〝ひとつの〟〝よる〟〝よってくる〟〝すこしずつ〟〝とおくから〟〝よって〟〝よってくる〟〝……〟〝飲んで？〟〝よってなんか、いない〟〝かさなる〟〝ひとつに〟〝ひとつ〟〝ふたつに〟〝千へ〟〝千と〟〝ひとつに〟〝かさ〟〝なる？〟〝ならない？〟〝みっつ〟〝が〟〝かさ〟〝なって〟〝かた〟〝らって〟〝かたほうに〟〝むかって〟〝よる〟〝ずっと〟〝よってくる〟〝あけないまま〟〝くらく〟〝ともして〟〝よる〟〝音も〟〝きこえる／きこえない〟〝濃密な〟〝こい…〟〝Viens〟〝え？〟〝Come…〟〝どこ、に〟〝よる〟　〝物語に〟　〝よって〟　〝きて〟　〝音〟　〝まみれて〟　〝飲んでる？〟　〝ずっと〟　〝よってる〟　〝こんなふうに〟　〝あと〟　〝数ミリ…〟　〝ずれそうに〟　〝かさなる？〟　〝かさ、ならない〟　〝かさ、なれる？〟　〝おかしなロキューション〟　〝ふふ…〟　〝なれない、から〟　〝かわ、なでて〟　〝たいこの〟　〝たいこの〟　〝かわ〟　〝なでつけて〟　〝音〟　〝たてる〟　〝音〟　〝ずれる〟　〝おとずれる？〟　〝この、さわってる〟　〝はだ〟　〝たいこの〟　〝ように〟　〝太古の〟　〝いや…〟　〝こい、って〟　〝いか／いけ、ない〟　〝の？〟　〝たいこみたいに〟　〝はって〟　〝はりつめて〟　〝はり、つめて〟　〝いっぱい〟　〝千と〟　〝ひとつ〟　〝たりる？〟　〝さあ…〟　〝ブロンクス〟　〝知らない〟　〝場所…名前…〟　〝な、まえ〟　〝-nx〟　〝きこえ〟　〝る？〟　〝ない？〟　〝きこえて、る〟　〝おと〟　〝ずれて、る〟　〝ブロ -nx〟　〝に〟　〝オリエント〟　〝から〟　〝どこのおり〟　〝どこの〟　〝オリ〟　〝エント〟　〝から〟　〝じゅうたんに〟　〝つかまって〟　〝じゅうたんが？〟　〝つかまえる？〟　〝じゅうたんに〟　〝だれかが〟　〝どちら〟　〝でも〟　〝じゅうたんに〟　〝みいら〟　〝れて〟　〝おり〟　〝折り、たつ〟　〝織り、たたまれて〟　〝オリ〟　〝エント〟　〝オリエンテーション〟　〝むかって〟　〝むかえ〟　〝えて〟　〝て〟　〝てのひら〟　〝てのひらが〟　〝じゅうたんに〟　〝なって〟　〝かわの〟　〝たいこを〟　〝なで〟

た〟　〝……〟　〝だいて〟　〝音〟　〝おと〟　〝しきりと〟　〝ずれ〟　〝オリ〟　〝エント〟　〝よる〟

〝よって〟　〝……〟　〝くる〟　〝媚薬に〟　〝いや…〟　〝ブロン、クス〟　〝に…〟　〝おり〟　〝おり

たって〟　〝とほうに〟　〝媚薬に〟　〝途方／十方に?〟　〝オリ／エン／〟　〝Orient／ation〟　〝だ

から〟　〝……〟　〝キューバ〟　〝イター、リア〟　〝へと〟　〝まよう〟　〝ものが〟　〝たり〟

〝ない〟　〝……〟　〝から〟　〝っぽ〟　〝が〟　〝よる〟　〝よってくる〟　〝ここ〟　〝ブロン

クス〟　〝……〟　〝スイスから〟　〝媚薬…〟　〝ブロンクスの上空に〟　〝散布される〟

……〟　〝キューバの〟　〝re-volution〟　〝か・いてん〟　〝する／しない〟　〝フレーヴァ

ー〟　〝はまきのような〟　〝サンプル…〟　〝散る〟　〝んじゃなく〟　〝……〟　〝ただよう

〝もうもう〟　〝と……〟　〝よって〟　〝くる〟　〝すこし〟　〝すこし、ずつ〟　〝どこ

も〟　〝どこ〟　〝も〟　〝から〟　〝(どこから、も)〟　〝ふみ〟　〝まよう〟　〝……Orient〟　〝…

Orientation〟　〝……〟　〝どこ〟　〝からも〟　〝きこえて〟　〝たたく〟　〝くる〟　〝おなじ

…よ…〟　〝おと〟　〝ずれて、くる、ままに〟　〝千と〟　〝ひとつ〟　〝ちがう

……〟　〝千の〟　〝よる〟　〝……〟　〝それ、から〟　〝たして〟　〝くわえて〟　〝よるをひ

とつ〟〝くわえて〟〝はなす〟〝……〟〝幻惑する〟〝どうやって〟〝こう〟〝やって〟〝きて〟〝Viens…〟〝え？〟〝Come〟〝……〟〝Bitte〟〝むり、しない〟〝むりに〟〝する〟〝したい〟〝むこう〟〝むこうに〟〝おと〟〝ずれて〟〝おと〟〝つれ〟〝つれながら〟〝つって〟〝ひびい、て〟〝ひび〟〝われ〟〝われ、ながら〟〝うたう〟〝うた、いながら〟〝たいこを〟〝むかえ〟〝で〟〝むかえ〟〝て〟〝手で〟〝うって〟〝うた／うって……〟〝ながい〟〝まだ〟〝まだ、よ〟〝よの〟〝なか〟〝あけて〟〝あけても〟〝ずっと、まだ〟〝ながい、まま〟〝そうでなければ、やれない〟〝やり〟〝きれない〟〝きって〟〝いや…〟〝きれない、から〟〝から、の、まま〟〝ずっと〟〝千の〟〝線の〟〝ままに〟〝ひとつ〟〝よる〟〝くわえて〟〝くわえたまま〟〝はなさずに〟〝はなし〟〝はなして…〟〝はなしながら〟〝おわれ〟〝おわれ、ずに〟〝……〟〝いま〟〝そう〟〝うってる〟〝指紋〟〝たどって〟〝とろとろ、と〟〝ものがたり〟〝なくても〟〝なんにん？〟〝かぞえ〟〝られない〟〝まま〟〝きれない〟〝まま…〟〝ふえて〟〝ふえてく？〟〝そう〟〝いつも〟〝こうやって〟〝どうやって？〟〝こう〟〝して〟〝あなたも〟〝ひとり？〟〝そう〟〝きいた、から〟〝こう〟〝やって…〟〝こう〟〝きいてる〟〝から〟

（キップ・ハンラハン［Kip Hanrahan、アメリカの音楽プロデューサー、音楽家］のアルバム『A Thousand Nights and a Night (1 - Red Nights)』〔一九九六〕に）

うた、きんじて

音盤は、昔なってたむかしなってた音を拾いて、こちとらすぐに忘れてしまう、耳をとおったことどもを、かわりにおぼえておいてくれるもの。そんなこと、言ってはみても、音盤もやはりモノ。足しても引いてもモノだから、モノのいのちは短くて、いつのまにやらどこぞにまぎれ、忘れ忘れさられてしまわれるのもこの世浮き世の常、ちょいと時がたってみるなら、否が応でも知らぬ存ぜぬ輩が跋扈。

ナニしよう、いいやちがった、何しおう、ちがうちがうな、名にし負う、『日本禁歌集』、世にいでたるは数十年ほども前、きらいな呼び名、元号ならば昭和の御代の三から四十、言い換え耶蘇教暦なら、一九の六〇年も半ば過ぎ、音盤にそのときどき、よりすぐりの声、声、声を、東京、大阪あいだにはさみ、北は東北、南は沖縄、集めてマイクをつんとたて、ぐっとさしだし、ささやき吐息、もれる鼻息、外野の笑い、まわりのものまで吸いこんで、集めてみせたはかの御仁、竹中の労、たけなかろう、とちときちがえれば笑われそうな名でありながら、いえいえどうしてとんでもない、丈はなくとも威勢は充分、つぎつぎ音盤おくりだす。ちなみにこちとらちまたの噂を耳にしたのはのちのち、音盤の名はそこらにあれどモノはなし、あるのは名のみばかりなり、とうとうホンモノ手にとる、見てみる、聞いてみるなんざ叶わぬまんま、この齢、五十の手前まで。

いつしか世には電脳の網張りめぐり、よきこととよからぬこと、何がよくてよくないかも、定法ならぬ情報の、なんとかびっとみをおこし、「日本禁歌」がどこぞより、また市場へとしゃしゃりでるとのたよりがとどく。ほう、そんなこともあるんかいとよそごとのごとくしていると、あるとき神谷の一義兄、夜な夜な肘をあずけるカウンタで、いつもの顔、いつもの声で、「にっぽ××」「にっ×ん×しゅ×」「××きん×」やる、やれれば、やる、やったるんじゃと酔いにまかせていきがるも、これがよくわからない。そしてそんなことはもちろん避け、じゃなく、酒の席でのこととてすっかりすいっと忘れ数カ月、手元に届いておどろいた、いやはやなんともはでなるどぎつい、でもでも艶っぽくどことなはなしにかなしげな、五枚の小型音盤、そのしかくい袴。

あけてびっくり、きいてびっくり。たけ、なかろう、否、たけなか・ろうの語りたる「禁歌」、誰が禁じて禁じられるか、うたがことばが禁じられるのか、ことばがこえが禁じられるのか、ことばのうらが禁じられるか、あるいはみつどもえ、よつどもえ、ぐるぐるまわって「禁」の字を烙印されたうた／こえの群れ。それがまたあかるいんだわ、このうたが、このこえが。そしてまあ、語りからうた、うたから語り、うたいてのみではすまされずたけなか・ろうとかわすおしゃべりまでまでも、声のありよう、抑揚、あ・くせ・んと、どんどんどんどん太鼓をまねるオノマトペ、沖縄ことばのくりかえし、落語のように上方のひとり対話をあやつって。それにまあ、東京で、沖縄で拾ってきた甲高くとおくとおってゆくおんなのひとの、みごとな、おもいっきり張ってる、ぴんぴんにぴんぴんに張ってる声よ。

「禁」だの「法」だの「力」だの、しょうじきこちとら手にあまる。あまる手のやりばもろくにないけれど、こうした「禁」「法」「力」がまわりにいくらあったとて、知らぬ存ぜぬ、いや、知らぬ存ぜぬより前にそんなことあることさえも気づかずにただ聞き惚れて、わかるところで騒々しくわらって、想像をするでもなく想像たくましくして、ここで寝て起きて動いてるからだを、どっこい生きてる、って、無名の、匿名のおっさんおばさんをうべなってる、これすなわち、あの「とき」、「あそこ」で生きてた、発されてた声でいっぱいいっぱいの記憶＝記録。

（神谷一義〔音楽プロデューサー〕／記忘記同人編『日本禁歌集の宇宙』〔邑楽舎、二〇〇九〕に）

き、いた、いつ、か〜風景、海市

メロディたちのほとんどは知っている。なじみがある。誰がつくったかなど気にすることもない。耳にするもののなかに、いつか、どこかで、どのようにしてか、心身のなかにとけこんでいる。とけこんで、しまって、いる。ふだんは忘れているのに、メロディのきれはしが届くと、ばらばらだったものがひとつにまとまって、くる、やってくる、やってくるのは、いつかどこかどうしてかわからない、みずからのおもいだせない、ぼんやりとした感覚で。

誰かのつくったメロディが、ときにそのまま、ときに断片となり、ときに変形して、それでもかならずもとのかたちを浮かびあがらせる、曲たち。

編曲を手掛けた人たちは、それぞれに、みずからの心身の記憶にふれ、ふれながら、ヴィブラフォンという楽器、カイダ・ミズキという演奏家をどこかに意識し、原曲をほぼそのまま、あるいは、みずからの作曲法を応用し、音符を記していった――――いっただろう、いったのだろう。春夏秋冬、四季の順にならべられたみじかくはない楽曲の時間、時間のなか、聴き手は、おもう、アノニムになったメロディと、編曲する手、演奏家、録音＝再生されるところ、こうしたもののあいだに浮かびあがる海市、蜃気楼。ヴィブラフォンの、二〇世紀まではこの世になかったひびきのゆえ、その楽器の音のみがすべてにみちているアルバムのゆえ、なおさら、なお、さら、に。

奏でられるヴィブラフォンの音、音楽をとおして、耳にするひとはみずからのなかにあるものに気づく。耳にするひとはカイダ・ミズキの手を、身体をおもう。耳にするひとは記された音符たちが描く姿をおもう。耳にするひとは編曲するひとのなかにあるものをおもう。耳にするひとは、歌詞とメロディを、おもいだす。耳にするひとは、おなじ風景のなか、それぞれのちがった海市、蜃気楼をみる、いや、聴く。そのきっかけとしてのうた、金属の鍵盤をうつ、うた、マレットの、芯のある、やわらかな。

（會田瑞樹［マリンバ／ヴィブラフォン奏者・作曲家］のアルバム『いつか聞いたうた』［二〇二一］に）

こおだ

ひとりの音楽家の生きる時間を、映像と音で切りとる。

こぼれおちるも、ながくとらえることのできないものがたくさんある。

それを充分知りながら、みる側は、ドキュメンタリーの時間を、音楽家とともに過ごす。

濃密でありながら、ときにユーモラス、ときに重く、ときにノスタルジックな時間。

ひとりで生きているわけではない。でも、ほかの人はほとんど影のよう。

いろいろなことがある。いろいろなことをする。

自分のからだのこと、社会的な何か、音・音楽のための何か。

はじめの（あたり）、

調律がくるったり、音がでなかったりする鍵盤の、
海水をかぶったピアノを弾く音楽家。
おわりの（ほう）、
ふたたびあらわれるこのピアノ、弾く姿、音。
人が手を加えて、求めた音を発している楽器が、
もともとの状態に戻ろうとしている、
それに共感している、という音楽家。
ドキュメンタリーは、
「音楽」という枠、制度、をぬけようとする被災したピアノと音楽家の、
親和の、神話の?、ものがたり。

（坂本龍一［作曲家／ピアニスト］をあつかったドキュメンタリー映画『Ryuichi Sakamoto: CODA』
［スティーヴン・ノムラ・シブル［Stephen Nomura Schible］監督、二〇一七］に）

ふえのま、ま

何かしらのひょうしで、夜、楽器の音をだすと、叱られた。何か、来ちゃうから、と。夜だと、呼んじゃうんだからね、と。

東京のはずれにある住宅街には、二十世紀の半ばを十年、二十年過ぎていても、近代になりきる前の「空気」が、「神話」が、遠いものではなかった。どこかに、のこっていた。

トオルのふえを聴きながら、おもいだしていた。遠くなった、とおもいつつ、どこか、からだに残っているものがあるのを、感じていた。

このひとはふえを吹く。この土地にながいこと伝わっている楽器をかなでる。音に、音楽にあるのは、世紀をまたぎながら、この列島の伝わってきた楽器をかなでる、ことへの自覚。

ふえの、音楽を奏でる道具、musical instrument の機能《はたらき》。可能性。

それだけでは充分でない。「何か、来ちゃう」（ような）音、音楽を生みだす、つくってしまう何ものか。そうしたなか、浮かびあがってきたのは、間と魔、の語。

列島もしくは列島の楽器とそれいがいの。

楽曲と奏者の。

奏者どうしの。

息と息の。

音程の。

楽音と噪音の。

時間と空間の。

「間」たちが、トオルに音＝音楽として具体化される。「間」には魔が隙をうかがってはいりこむ。ごくわずかな音のみぶり、刹那の空白に、魔が訪れる。

バッハを笛でふきながら、笛の音の抽象性を、ヨーロッパ由来の芸術音楽、抽象的な音による造形性とつなげる。大昔から源博雅や世界の呪術師たちのありようを経由していまも失われていない音に秘められた魔への扉を、ひらく。

対照を保ちつつ、循環的にも構成されている二枚のCDを聴きながら、音を発しているトオルの、ほかの音楽家の気配、姿を感じながら、あわせて、かさねて、音のない時間、ほんのわずかかもしれないけれど、わずかなあいだ、逆に前の音をとめ、次の音を待つ、複数の音の「あいだ」にいるトオルの姿を、何度も、感じ、聴いていた。

（福原徹［邦楽囃子笛方］のアルバム『lift off 福原徹の笛』〔二〇〇九〕に）

はな、クレオールの

いい、曲……、ひとりごちると、す、っと息がすわれ、そのまま、ながれている曲に声がかさなっているのだった。メロディがなぞられるのでない。ことばが、シラブルのひとつひとつが、松田美緒のからだに生きているものとして。小さな声、なのに、ことばが音としてあらわれ、まま、メロディとなってゆくさまが、あって、そばにいると、鳥肌がたつ、とも、目頭があつくなる、とも、息をとめる、とも。

松田美緒とカウンターでならんでいたとき。うたいてをよく知っている店主はポルトガルの、ファドの歌姫のレコードを持ちだしてかけた。撥絃楽器がひびき、歌姫の声がスピーカーから。と、となりのうたうたいから声を、うたを、誘いだした。

曲とともにあることばが、ことばとメロディが結びあい、ときとともに、しばらく、ありつづける、はかないありよう、を、松田美緒は理解する、全身で、理解、する。ポルトガル語やスペイン語がそのままのかたちで、歌い手のからだのなかにはいり、からだのなかをぐるりとめぐって、声として発される——かえってくる。こんな理解のありよう、愛し方をするものはめずらしい。音楽が、メロディが好き、だけでなく、ともにあることばに、ことばの韻律に、韻律とともにあるメロディにからだがそってゆく。

ひびきだすピアノとつぶやかれるおとこの声
『クレオールの花』
「La luna blanca llena de luz del sol（陽の光をいっぱいに浴びた白い月が）」と。
「クレオールの花（la flor criolla）」がぽつりと、ことば、どおり、花のようにおかれる。そうして導かれるのがおんなの、声、「ママ（Mama）」の一語からはじまり、ママへの呼び掛けである《ママに贈るうた》。

生誕をめぐる神話的な語りから、生むものへ、生誕への感謝がつながる、さりげなくもうつくしいながれが。

混じりあうもの、混ざりあうことへのよろこばしき讃歌。

詞はうたう――白い月が黒い宇宙にキスをする。褐色の母なる大地は月光が落ちるときに花を宿す。そして「すべての神々はみた／月と漆黒の空の結婚／そして生まれた／クレオールの花（Todos los dioses vieron casarse la luna con el cielo oscuro/y vieron nacer la flor criolla）」との、白と黒でこそ、いやもっとべつの色もまじりあって生まれる新しき複雑なるもの――地球のすべての色のひとを含んだ――、それは花と、クレオールの花と呼ばれよう。この花は、さらに、もっとさき、もっとすすんだところで顔をだす。こんどは生まれたてではなく、ずっとずっと成長して、色香をはなって

「ああ　私のクレオールの花／こんなにも待ち続け　そしてこの時がきた／きみのそばにいられる時が（Ay ay ay, mi Flor Criolla/te he esperado tanto y el tiempo llego/de estar a tu lado)」。

松田美緒の声とウーゴ・ファットルーソのピアノは、おなじひとつのありようのちがい、グラデーションをなすひとつのもの。ピアノは、鍵盤ひとつひとつがべつの打楽器、ニュアンスに富む、やさしい共鳴をともなった金属打楽器。指がそのひとつひとつを愛撫し、さらりと去ってゆく。ほんのわずかにまぜられる不協和なひびきの魅力はどれほどか。

この音楽の、音楽のながれをどう呼ぶ？ 息、吸って吐く、呼吸のグルーヴとでも。この音楽は、松田美緒とピアニストがともに過ごした時間の体験。聴くものが気づく。

音楽が風となり、ひびかせるようなパーカッション。自己主張するのでも、きまったパターンをくりかえすのでもなく。松田美緒とウーゴ・ファットルーソの音楽を、ヤヒロ・トモヒロは風として受け、そっと微笑みかえす。

微笑みのパーカッション？ 時間や空間を断ち切るつよいアクセントとい

うより、叩いてからのこってゆくひびき、残響によって広がりが生まれでる——。

低音、太い弦をはじいてこそのうたへ、井野信義のベースが彩りをそえ。

さまざまなひびきを重ねたのでない、ピアノとわずかなパーカッションによる音楽だから、うたは、松田美緒のうたは、古代のように、魔法としてのありようが。

声のとどく範囲、そこにいれば、確実に魔法はかかる。

いたずらに音を大きくするのを避けるかのよう、声はときにささやかれ、聴くものの耳をそばにひきよせずにはいない。松田美緒もピアニストもパーカッショニストも、みずからがクレオールと、詞と音楽の融合のように、ありようを感じている。うたうものでありうたわれるもの、として。

（松田美緒〔歌手〕のアルバム『クレオールの花』〔ウーゴ・ファットルーソ、ヤヒロトモヒロ、井野信義との、二〇一〇〕に）

だから、すでに

だから、すでに、始まっていたんだ。展示会場だけじゃなかったんだ。時間的、物理・身体的な（以）前にも、過去にも未来にも、あったし、ある。「いま」だけでない、「そこ」にいる時間・空間だけじゃなく、はなれてしまってもそこにあり、変化（も）している。

ギャラリーを歩き、そこにあるものをみ、耳にし、階段をあがって帰路をたどる。メトロのなかで、さっき手にした、展示について書かれた文章を読む。そうして気づく。みはじめたときにはすでに始まっていたんだ、と。だから、あらためてべつの日に足をはこぶ。

作品はすでにある。会場に持ちこまれ、設営され、開場時間がきて、公開される。作品と「わたし」は対面する。会場に行くまでは作品を意識しない。とりあえず、忘れている。ふつうは。通常の展示は。だが、ここにぽんとひとつ先んじる。それが蓮沼執太だ。ほら、もう始まっているんですよ。

オープニング・ライヴには多勢の人が。若い人たちばかりで、(自分の年齢の)高さにすこしばかり居心地のわるさを感じながら、そこにあるものにふれていた。視界にはいり耳がひろったいくつかのものが(選択的に)展示された作品だとおもっていた。おもいこんでいた。でも、ちがう。そうじゃない。

蓮沼執太は、展示会場ですぐ(それ、と)わかる作品——楽器の製造過程ででた金属材、段ボールのなかでひびくスピーカー、鉢植えの植物とスピーカー、コンピュータのモニター——だけでなく、ギャラリーに降りるときに目にはいる映像や、銀座の環境音や、ガラスを共鳴される作品も展示・提示した。蓮沼執太じしんの書いたものを(展覧会・後でも)読まなかったら、見落としていた・気づかなかった、気づけなかっただろう。現実に。読まなかったら気づかなかった、のは、視覚を優先させる（ことが多い）アートにおいて、書きものに目をおとさずとも気づくことができるとのおもいこみを揺るがし、「アート・ギャラリー」に不意打ちをくらわせる。みるもの・みえるものだけでない、きこえるもの、きくものに満ち、あらたに気づかれるものが。

アート／ミュージック――――「美術」や「芸術」、「音楽」との語と（たとえば）英語とが互換できない、飜訳しえないいんじゃないか、と考えつづけているからこう記す――を区別していない。できない。その「あいだ」の場をつくっている。そんなアーティストはこれまでもいたし、いまだっているが、蓮沼執太もより多様な五感が動員される場を出現させようとする、しているのだろう。それがギャラリーであり、会期中なら、いつでも出入りが可能になる。それはべつのかたちの、一回きりでしかありえないコンサート／ライヴへの通路でもある。このギャラリーにある音、音たちも、この時間・空間を通過するのは、それぞれ一回きりなのだし。

ホールやライヴ会場よりも、ギャラリーのほうが音単体として、音楽になってゆく、音楽への志向をもった音たちにふれやすい、ふれる環境としてむいている、といいえるかもしれない。聴覚のみならず五感にひらいたかたちで、と。


中心的に（とりあえずは）みえる三つの作品のかかわり方。

足をはこんだものが（とりあえずは）受動的に、映像にふれる〈Walking Score in Ginza〉。放っておいても、映像はながれ、映像のハスヌマ・シュータは何度もマイクを引きずって銀座を歩く。何度も何度も。何度ものどれかにわたし・わたしたちはふれ、すれちがい、やりすごす。

はたらきかけなければただの金属片が光を反射し、煌めきながら、空間に散らばっている〈Thing-Being〉。よくみると部分的に秩序があって、金属は何らかの既視感のある形態をとり、楽器の何か、部品とか製造されるなかでのきれはしとかであるのがわかる。類似性が浮かびあがり、連想もはたらく（「楽器［の部分］を踏む」ことへの何ともいえないとまどい、罪悪感も抱きつつ）。鋭利なところがあって、ともすれば皮膚を傷つける可能性もあるものに、ゆっくり、と、靴を、足を、のせる。何かと何かが、ふれる。歩く・あしうらが（靴底をとおして）ふれる・音がして肌に耳にとどく音がする。破片はさっきまでのところからわずかにずれる。わずかにのみならず、ころがってしまったり。散らばった全体のかたちは、人が足を踏みいれるごとに変化し、でも、変化しても作品全体は変わらずに作品＝場のまま。何かのメタファーとしてもみえる（たとえばある一定の周波数の音と、それが組みあわされて音響から音楽になる、音・音楽の宇宙となる、といった）？　ふと足もとから目をあげると、四方のミラーシートでぼんやりとじぶんの姿が映っている……。この〈Thing-Being〉が、銀座の外の振動を伝える〈Ginza Vibration〉と一緒になって、「作品＝環境」となる。

はたらきかけのありようを体感できる、スピーカー／段ボール〈We are

Cardboard Boxes〉と鉢植えの木／スピーカーの〈Tree with Background Music〉。ひとつの空間にあって、主体――客体？　主体を人にするのか、客体にするのか？――は音のありようを感じながら移動し、あわせて、音は、耳だけでなく背中や皮膚や、からだの裏表（表裏？）でスピーカーが振動するさまをみられ、木の葉が、人の行き来や音でうごくのに気づきつつ、体感する。

気づきにくい二作品――視覚よりもさらに脳髄的な認識としてモニターに映しだされる〈Change〉は、ギャラリー、いや、資生堂の建物にはいる／でるところに来るときに気づくかどうか、花椿通り外壁小ウィンドウ（ショーウィンドウ？）での〈Music for ～ ing〉は、ともに、時間差をともないながら、記憶と記憶を抱えている「いま」（と「わたし（たち）」「あなた（たち）」）にかかわりつづける。

上のフロアからギャラリーをみおろすと、作品にむけ、異なったレヴェルでふれられる。靴が金属片を踏んでだした（でた）音やスピーカーの音に距離があり、下の、「むこう」からきこえてくる、もっと鳥瞰的に。身近な、あしうらで音がし——音はたとえきこえなくても触覚をとおして感じられる——、すぐとなりやちょっとむこうでたっている音とは異なった、空間的な広がりや奥ゆきを持ち、それでいて、まじりあい混沌としたクラスターになったり。オーケストラがステージにいて、はなれた楽器が、ときどき音を発したりはなれたり、いっぺんになりひびいたりするような。

場。

「〜がおこる」はフランス語で「avoir lieu」、そのままだと、「場を持つ」。もしかしたら、いま、わたし自身が場が気になっているから、こんなみかたになっているのかもしれない。

蓮沼執太『〜 ing』を「サウンドアート」と呼びたく（は）ない。呼べるのかもしれないけれど、ギャラリーだけに『〜 ing』があるわけでなく、もっと外縁が広がっている、縁が融解して人が生きているところとつながっているから。「サウンドスケープ」の語は広く知られているものの、日々の生活、日々いる空間のなかで、実感する、実感しながら生きている人はかならずしも多くない。街を歩いていると、全身が通過し包まれている、その、銀座の音を、あらためて気づかせる装置。いや、誰だって気づいている。気づいているが忘れている。そのことを、ギャラリーをとおして、ギャラリーを媒介として、心身に、認識に、記憶にフィードバックさせるのが『〜ing』。「〜ing」とは、会期中、いや、文字どおり「いま」、人、ひとりひとりが生きている時点でつねに進行形だと。わたし、わたし・たち、あなた・たちもいて、「〜ing」もいましばらくはありつづけ、展覧会が終わっても、ときに想起される、あらためて、再演・浮上しつづけられる。

（蓮沼執太「音楽家／アーティスト」の展覧会『〜ing』〔二〇一八〕に）

ねむ、ねむり、ねむりひめ

これって××かな？
こうしたら、
いや、
こうしても、
やっぱり××なのかな？
それとも××じゃない、って言われてしまうかな？
なら、
××って、
どういうことなんだろ。
どこかで決まっている？
誰かが決めているのかな？

☆

すべてがではなく、ことばとしては浮かんでこなかったとしても、こんな問いが浮かんできたのでは。ひとりひとりが創作をしているとき、に。

つくりたいものをつくる。知っているところから何かをつくってゆく。だ、から、すべてではないにしろ、みずからのおこなっていることの、それが属していそうなフィールドやテリトリーやジャンルを、つい、と意識したりする、するかもしれない。へりを手さぐりしつつ、あわせてへりをちょっと、ちょっとだけずらしたり、むこうへ追いやったりして、つくっているものじたいが拡張を体現する、することがある。

つくることが問いをひらき、回答や解答でなく、応答になるような、意識にのぼるのぼらない、時系列でいえば、問いはあとからおもむろに顔をあげてきたり。

☆

暗いところで光の記録が一方向に映しだされ。何かが映っている、人がいようといまいと、ストーリーがあろうとなかろうと、フィルム走行中に操作が介入しようとしまいと。

☆

くりかえし。あるいは、いいかえ。

つくりては、映像・映画にかぎらない、みずからのやっていることがその呼称、ジャンルといったものに相応しいかどうか、つくりながら問いかけていった。すくなくとも、かつては、前の世紀では。

数々の実験的と呼ばれる試み、がなされた。いまは、どうだろう？ 前衛や実験のあと、何でもあり、（のよう）になってしまったから、特に問う必要はない。ひとつの解。

フィルム以外の媒体を使用するのはもう常態、ふつう。その先、すでに現実なのかもっと先のことなのかはわからない、脳へとじかに映像をおくり、身体の外に映像が投射され、ちょっとでもむから位置が違えば、見え方もちがうようになる、個々の身体や場所を問わずとも、つねに「おなじ」イメージが供給・共有される——としたら、旧来のジャンル名は生き、のこってゆく、のか。

消えさり、如何に似ていようと、二度と耳にすることができない、そんな音のつらなりを音楽と呼んでいた。ならば、録音・再生されるものを音楽と呼んでいいかどうか。その問いを投げた作曲家がいて、たったひとつの「録楽」という語に集約される。似たような、ではなく、近似した問いが、映画についてむけられる、だろうか。

☆

フィルムからヴィデオテープ、またべつの媒体に、となったとき、映画とは、との問いをあらためて。二〇～三〇年くらいも経ってしまったか。いつしかどんな媒体であっても、CGがどれほど駆使されようとも、映画とはひとつのくくりの名であるかのようだし、大きなくくりで動画と巷で呼ばれては行き交っている。そうしたなかあらためて映画との呼称を、ジャンルをあらためて見据えようとするのは、どういうことだろう。

映画などと呼ばなくたっていい、はずではないか。映画と呼ばなくなったところでただたれながされているのとはべつのところで、と、それでさえもしかしたらひとくくりにされてしまう・なってしまう濁流のなか、ただひと言、映画は、ともらす。手放さない。

映画、というパッケージ。パッセージ。呼称が映画だとの暗黙の了解を支えていないか。二一世紀にいつのまにか。

だからこそ、か。

映像にあらためて声、声たちを外から加えたり、音楽をライヴで重ねたり、すべての音・音楽をアクスマティックに上演するのが試みられるのは。上映のたびに音・音楽が、声が変え、替えられることさえ可能であるのは。

☆

デュラス的な「声」。

誰が？

文字とちがって、声の質が、ひとりひとりの、
その発音の瞬間瞬間の質が、
みていること、知っていること、語ること
それはみていない、知らない、語らないと重なりつつ、
何を、どう、みているか、知っているのか、語るのかを
ときに単数に、ときに複数に

デュラスの映画のテンポ
人が生きるそのテンポの変化を欠いている。
遅いかにみえながら遅いのではない。
中庸、だろうか。
中庸？　モデラート？　モデレ？
デュラスじしんの文章さえ、
ときとして、アッチェレランドしたりリタルダンドしたりする、

テンポの変化をもってしまうのに、
映画におけるテンポはより一貫し、あるテンポ感を保ちつづける。

☆

姫、や、女=むすめ

☆

美術館で、明治期の油彩をみるときの違和感。

マネ、これはアングル、といくつかの典型的な構図を想起しながら、描かれているもの、人の表情や体形、着ているものやあたりの風景が、否応なく、異なっている。画法は近いのに、対象が、描かれるものが隔たっている違和感。

『眠り姫』の住んでいる小さな部屋、洗面所の壁や水道管、ちょっとした小物、あるいは、喫茶店のテーブルやそこにあたる光。

デュラスでも、タルコフスキー、リドリー・スコットでも、かまわない、映画作家たちが映像として残した、瞬間的に画面に映りこんだ人の生活空間のはしっこと、もしかしたら七里圭にかぎらないかもしれない、この列島のほかの映画作家でも、ちょっとカメラをむけて記録されたモノ、モノのきれはしが先の明治期の油彩と妙に重なってしまうことがあるような。

☆

近い将来、教科書は紙ではなくなり、タブレットになる（?）。そうしたはなしからおもっていたのは、ほかでもない、余白、教科書の余白につれづれなるままにエンピツをはしらせ描いてしまう意味ない模様やマンガのヘタな模倣だったりするけれど、そうしたものがなくなってしまうのか、べつのかたちで書く・描く場所や次元が、ツールがあるのかどうか——。そうした方面に暗い身は、何かにつけて過去の体験をレフェランスにする。

七里圭の作品は、ぎゃくに、そうした余白を持っている、持っているのかもしれない、いくつもの問いを投げかけ、書きつけ、クロースアップすることができる、余白をとおして、作品そのものは、作品を成りたたせているさまざまなもの、作品と外、作品と眼や耳、皮膚や骨、椅子、会場、といったことまで含め、つなげて思考できるきっかけを持ち、また反転して、作品そのものが、いろいろと書きこみのできる余白としてある——ような。

（七里圭［映画作家］の映画『眠り姫』〔二〇〇七〕に）

湿度のなか（に）鈴木清（は）

汗をかいている。湿度がたかいな。

神保町、古書店のショウケースのうえで『デュラスの領土』のページを繰っていた。

十月もそろそろ半ばだというのに、ジャケット下のシャツはどことなくじっとりとしていた。

汗をかいているのは、湿度がたかいのは、写真のなかにあるひとでありものであり風景、なのか、カメラを手にしている写真家、なのか、写真集のページをめくりながら感光された化学物質の痕跡を視線で追っているこの身、なのか、わからなくなっていた。

おもいだしていたのは、おなじ写真家の『流れの歌』、あるいは『愚者の船』でも共通した、湿度だった。

湿度は大気と身体とをちかづける。

空気中にある水分が飽和し、身体からあふれてくる汗と親和し、あいだ、があいまいになる。


写真をとるとは、カメラをあいだに、境にして、隔てられること。みる／みられるが写真というかたちになってのこされる。隔たったことの記録が写真、のはずなのに、湿度、が、カメラを手にしたものと、みられ、とられるものをつなげてしまう。写真＝集をみるもののところまでしめりけがとどいてくる。


カイカン、では、ない、いやむしろ、往々にして／ときとして、フカイ。

ここから、この状態から、ぬけでたい、皮膚をしめらせ、シャツにしみをつける汗から開放されたい――のに、よういに湿度はさっていかない。

からだから、肌をとおして、外へとしみだしてくる汗。

外気が肌にふれ、とけこみが飽和してくるもの。

からだの表面にだけとどまってはおらず、だんだんと、肌のおくにしみこんでくる。

からだのおく（まで）が湿度をおぼえ、さらには記憶と、夢と、なる。

執拗にあたまのなかでひびいてくるうたのよう、そのひびきから去りたいと願ってもただひたすらにルフランをつづける、こわれたレコードのように。

病気なのか、ならいおぼえた性癖なのか、習性なのか、生理なのか、わからなくなって。


写真を一目みて、とらえられたような気になる。なっている。

仮でも嘘でも、一目みて全体が、印象をつくりだし、固定する。

この印象をゆさぶり、ゆるがし、ずらしてゆく。

印象？

im-pression ＝こちらのなかに押しこんできたものは何だったかと画面のな

か、ちょっとした光と影のコントラストを、何かにみえてしまうものたちを、まなざしは徘徊し、細部から細部へ、さらには、ひとつの細部をすこしずつ範囲をひろげ、何にみえるかみえないか、これがそれがあれが何なのか、既知のものへと翻訳し、わかった、そう、ふたたび、また、わかった、気になる。

つまり、は、気になる旅をつづけ、つづけているばかりなのだけれども。

写真‐集にある写真‐たち。

紙に印刷された一枚、一枚の写真、写真‐たち。

写真‐集にはタイトルがあり、日本語と、外国語、がつけられていながら、ことば〝的〟に対応してはいない。

翻訳？　transcription、書くことを「トランス」する？

むしろ、編曲、だろうか？

つねに、どことなく、つりあいを欠いて（変えて）いて、ときに外国語では、音楽の、ある楽曲のタイトルがつけられて、連想がべつのところに横滑りしてゆく。

横滑りは、バランスのわるさ、でなく、その土地が、写真のある、写真にとられ（撮られ／盗られ／……？）た湿度のせい、か。

どことなく、ある、しめりけによるすべり、

すべり、でありつつ、ねばりつく、ぬめり、

でもあるのか、どうか。

デュラスの領土、Durasia――

Durasの土地、土地をあらわす-a、

Duras-Asia、でありつつも、状態を、心身の状態をあらわす-aがかさなって、

ひとつの狂気が招かれているのか、も。

原-型、原-風景、原-体験、

原-、archi-という。

原-は複数形。

ひとつに解釈されたり、回収されてしまったりすることもすくなからずあろう、あろうけれども、「原野」には無数の細部が息づき、異なった相と層が併行して奏でられている。

写真を撮ったり、文章を綴ったり、音楽を奏でたり、なかったものをつくりだしてしまうひとがもっているのは、ひとつにとらえられがちななかに複数をみいだす力。

『デュラスの領土』の、『流れの歌』の、写真家は、みる対象とみずからの心身とのあいだ、じっとりした湿度を刻々に感じながら原‐の多層／多相をみいだしてゆく。

時間のながれのなか、層／相はさらにべつにたちあらわれ、写真家はひとつの写真‐集を編み終えると、あらたなおくへと旅だってゆく。旅先にみちているのは、ゆびさきを、ふたつ、みっつのゆびさきをあわせなければ触知しえない、しみ、しめり、しめりけ――のあと。

写真集を繰っているこのゆびも、いつのまにか、しめって、いたのか
――いないのか。
（『鈴木清写真展　百の階梯、千の来歴』〔東京近代美術館、二〇一〇〕に。鈴木清〔一九四三～二〇〇〇〕は写真家）

鉄をみる

鉄をみる。
鉄などどこでもみている。人が生活するところ、珍しくない。だから、みていない。みているのは鉄で、鉄とまじった金属でできた何かで、眼にはいってはいても、まなざしは鉄を透過している。鉄はみていない。みていない、のではないか。

みる。みつづける。
みる・みつづける時間。

写真を撮影する人がカメラを手にし、ファインダーをのぞきこみ、被写体をみる、みつめる時間。その被写体、対象に、対象の変化に寄り添う体験。ほんの一刹那であっても、寄り添いは、対象が刻々と変わる、朽ちてゆくことをともにする、対象とともに撮影者の生のときを奪う。

写真をみる人は、定着されたイメージにふれながら、撮影者の、対象の時間へとはいってゆく。写真の撮影は一瞬、かもしれない。一瞬に凝縮された対象と撮影者の時間があり、みる人は、そこにまた一瞬・以上、たちあって日常に戻ってくる。

鉄を撮る。人や街や風景を撮るのとおなじだろう、か。違うだろう、か。動いている、動くもの、ではない。決定的瞬間とは呼べないかもしれない。でも、そうだろう、か。ここにある時間、このままの姿としてある時間、生きている時間、として、おなじ、では。

動かないものをどうみるか。一瞬で変わってしまうものを、ではなく、瞬間でないなによりも緩慢な、ひとには容易に知覚しえない、知覚したときにはすでにおこってしまっている変化を、みる。写真にとどめる。

変化のさまがあることを、あったことを、それが人がすぐにはわからない微細な変化であることを気づかせなくては。気づかせるための位置や角度や光が選ばれ、どの色をどうしたいか、どうみせるか、を決めてゆかなくては。

地中に、岩石のなかに隠されていたものを発見する。精製し、何らかの〝役にたつ〟ものにしあげてゆく。つくられたもの。人の手によって、人のみいだした技術によって、ある用途にむけて、つくられたもの。

それがまたもとにもどる？

そこからはずれた、その〝外〟にはみでてしまったもの、すでにもともとは何なのか、何だったのか、わからなくなっているもの。どんなものでもそうなってしまうこと。

このプロセスを、シャッターの一瞬によって切りとって、うかびあがらせる。写真そのものに、鉄の無限の表情を、鉄鉱石から抽出・抽象され、整形・成形された鉄の、朽ちる、モノとしての生を、滅びをみることも、鉄錆の、酸化鉄の色のグラデーションを、ラスコーでの洞窟でバイソンの姿を描いたアートの起原を、おもうこともできる。

美しさ、醜さ、汚さ、崇高さ⁉︎朽ちることとの、錆びることとへの。

鉄と酸素の出会いの痕跡、証拠。ここに酸素がふれた、とおって、ながれていった、空気や水の、温度や湿度の織りなすものがたり。さわり方、とおり方、反応の仕方のさまざまなあらわれを証拠としてのこす犯人。

だから、なのだろう。

一枚一枚が、何かある物証であるような、証拠写真であるような、犯罪の現場を撮ったような、サスペンスのおもむきを持って。

その犯罪とは、だが、何か？　人がこの地球にいること？　文明をつくったこと？　滅び滅ぼしかけていること？

『偶然と必然』の序文、外からやってきた知的生命体が地球にあるものをどう判別してゆくかを仮定した一節を、ジャック・モノーの一文を、想いだす。あるいは、（リドリー・スコットの）映画『プロメテウス』、地球のクルーが未知なる星で直線がつくられているのは、何らかの知的生命体のしわざと確信することを。

ここにあるものは、何らかの知的生命体の痕跡として、のこるだろうか。とらえられるだろうか。

朽ちてゆくなかにあるものと対照的におかれている、おなじかたちの、成形されたモノたち。いくらでもありそうで、何のためかわからないかたち。モノたちが否応なしのつよい、とてもつよい、しかし静かなサスペンス。錆もうかばず、朽ちることがないかのように、整然と（生前と？）ならび。しかも奇数に。組みあわせによってあるまとまりとべつのまとまりといったように分けられて。ときに、素数?を暗示し。

何でもない、ふつうの生活をおくっている。一方、ひとときの幻想、おもいこみによってもなりたっている。知っている。だれでも、知っている。この身はふつうの生活がおくれなくなったり(は)しない。おもいのあいまいさ、不安定さ、を抱いていないものはいるのか、どうか。文明が朽ちる、ひとのいとなみが消える。地球の、宇宙の歴史をすこしでも知っているなら、現在の気象や環境を気にするところがあるなら、想像することなく過ごすことは不可能なのに。

プリントされた写真をみる。
一枚一枚をゆっくりと。
全体をみ、細部に視線をおとし、スキャンするようにうごかす。何枚かみて、ときどき、もどる。もどって、ある一枚とべつの一枚をみくらべて。おなじさ、と、ちがいとをみいだそうと。

目の前でみる、あとでおもいかえす。おもいかえそうとする意図的な試みではなく、ふと、おもいだしてしまうようなことも含め。作品のありがたさは、目の前にあるもののほうがつよい、にもかかわらず、記憶のなかからうかびあがってくる不確かなイメージもまた、べつのつよさをもって。

おもいだす。

一枚一枚を、意図的に、意志的に、ギャラリーの壁面、成人の視線の位置に配置する。配置する前、床にある、視線をおろさなくてはならない状態におく。セッティングが終わり、何枚もがならんで、ちょっとからだを動かせばべつの作品が視界にはいってくる状態にして、視線を行き来させる。ほかにみている人の姿が作品に重なり、壁の色やむこうの入り口も、小さな可動式の照明も、みえながら。

おもいだすことで、これらの鉄の表情がコンテクストを変えてあらわれてくる。しごとをしているパソコンの画面に、食卓にならぶ皿や料理のうえに、病院の廊下、生・生活のなかに、これらの写真（のイメージ）がおかれてしまう、おいてしまう。写真にあるモノたちがよんだろうか、部屋の外、ヴェランダで小さく剥げたペンキと下からみえる錆が、庭の隅でいつかどうにかしなくてはとおもいながらふだんはみていてもみていない折れ曲がった柵や如雨露、など、現実にみえているもののうえに二重映しになっている鉄、鉄の表情が。

この日々の生活と、この文明と、地球を、その時のながれのなかでのありようを、写真にふれたあと、忘れるのはむずかしい。

（広瀬忠司［写真家］作品［二〇一七］に）

式典はどの方角なのだろう

預言も神託もない　あてになるのはきくこと　きき　わけること　声たちがいり　まじり　いり　みだれる　なかにくぐもっている異和の声　無言の声を　きき　とろうとチューニングする　膝を曲げ　腰をおとす　くびをかしげて　耳をよせる　影で　ささやかれ　またささやかれなかった　声たち　に耳かたむけようとする　ふるえを触知　する　しようとする

言い古されながら　つい　と　忘れてしまうことどもをおもいだす　百年　二百年のあいだ　どれだけの種類の生きものたちがいなくなってきたか　はなすはなされるひとたちの少ないことばが　勘と手で磨かれた技が　失われてきたか　いま住む土地を、水を、星を借りている住まわせてもらっているとのおもいはどうなったか　謙虚や遠慮　つつしみといったことばが古語に化石になってゆくのを横目にみながら　何度もあやまちをくりかえしくりかえしつつ　それでも過去をふりかえり少しずつ

でも教えを得ながら　一歩一歩試行錯誤がなされるなら
口の端にのぼる遺産という語の空虚もすこしは軽くなる
なるだろう　か

☆

式典はどの方角だろう むかってゆくことばはどれくら
いの速度で　光の　電子の　音の　速度で　か　ここ
書いているここ　あなた、ひとりひとり、が読んでいる
ここ　からは　あまたの距離が　ひと、ひとびとのあい
だがある　届くまで　どれだけのひとにふれてゆくだろ
う　あまたの物語が描いてきた未来を　いまはまだ　と
化学物質と電子機器と共存し安心しながらみつづける

いたずらな期待も　歓喜も賞賛も　悲嘆も憤怒も　抑え
る
証人にして当事者
それが生きるもの　過去に生きたものたちのまなざしを
背におぼえながら

☆

かの土地で発されたことばをおもいだそうと繰るページ

あらゆる詩句からことばから逃れさり　「きみやわたしや、いつも追い求めるみんなが、いつも取り逃がしているもの」「魂はそのためにあり、そして目に見える全宇宙がそのためにあり、そしてついには天界がそのためにある」　ウォルト・ホイットマンが指さしたただ「二息のことば」
希望は羽根をつけている　と　けっして休むことなく嵐のなかも　冷え冷えとした土地でも　見知らぬ海でも　「けっしてわたしにパン屑をねだったことがない」と　エミリ・ディキンソンがうたった小鳥
このことば、この小鳥、は　まだ生きている　だろうか　百数十年のときをへて　おなじ広大な土地のなかひとつは声を大に　ひとつはそっと　でもおなじことばで記され
このことば、この小鳥はもっともっと以前から感じられてきた　伝わってきたものが　ふと　姿をあらわしただ

けだろう　このことばや小鳥の来歴にどれだけの過去がある　か
教えてくれる辞書はある　か

忘れるから　記憶しきれないから　記しておく
記すばかりで参照されず　ただ蓄積されてゆくばかりのことどもがある
読みとかれ　行間にあるものは想像されぬこともある
記すだけでなく　記す必要を　記す必要を感じるからだのおもいをも記しておく
たぶんことばにはそれができるから
そうでなければ
ただ形骸しかのこらないから

☆

数字につかれ　数字をおう顔がある
数字につかれ　数字の世界からこぼれおちる顔が　表情が　まなざしがある
数字につかれているのに数字を忘れる　くちのはにのの

しりあざけりが浮かびかかる

と
みえてくる
見知らぬ町でむけられたまなざしが　怪訝さをむけられてすくんだ肌が
さしだされた傘が　さりげなさのしみいってくるのが
そして
ともたちが　猫たちが　気をはらず　ゆっくりと眼をつむることのできるときとところがあたりまえになる
そんなときとところをゆめみられるなら

詩はたちどまること　たちどまって考えること　考えをめぐらすこと　めぐる　じぶんを　じぶんのいるところを
詩はたちどまりながらうごくこと　一文字の空白が　句点が　読点が　行がえが　待つ　跳ぶ　機会でないなら
――何だろう

☆

ヘッドフォンをはずし　とどくもの　とどいてくるものに鼓膜をふるわせる
ひとりひとりのからだは楽器だから生という音楽をかなでる
気温や湿度で　かなでられるべつの楽器で　ひとの　ひとりひとりの音は　音楽は　変わる
だから　待っている　どんなふるえがとどくのか　どんな共鳴がおこるのか　おこらないのか

若干の註釈

2017年1月17日はアメリカ合衆国大統領就任式がおこなわれました。1961年、J.F.ケネディ大統領就任以来、就任式ではたびたび「詩」が読まれてきました。「詩」は大統領へ送られるメッセージです。この風習にならって、メッセージをと勤務先の早稲田大学より依頼をうけ、「詩（らしきもの）」を試みました。このとき就任したのはドナルド・トランプ氏です。

多くの人たちの何かを代弁しているのか。こうした場にふさわしいかどうか。わたしにはわかりません。また、想定されているのは特定の誰かではありません。

誰か、を想定するより前に意識すべきことがあるだろう。わたし自身とわたしのまわりをまずふりかえる。そして考えること、書くことをひとまかせにはせずに。こうしたことをかたちにしておきたい。自らへの戒めをたてておきたい――そんなことをおもいながら、書いてみました。

引用には、ホイットマンは木島始訳、ディキンソンは亀井俊介訳、ともに岩波文庫版をつかわせていただきました。


引用について……


ホイットマンの詩は、'A Riddle Song' を参照しています。

わたくしの行「あらゆる詩句からことばから逃れさり」は、That which eludes this verse and any verse, という１行を踏まえています。

「きみやわたしや、いつも追い求めるみんなが、いつも取り逃がしているもの」はそのまま「Which you and I and all pursuing ever ever miss」の引用で、「魂はそのためにあり、そして目に見える全宇宙がそのためにあり、そしてついには天界がそのためにある」は「The soul for it, and all the visible universe for it, ／ And heaven at last for it」の引用、さらに、ウォルト・ホイットマンが指さしたただ「二息のことば」は「The little breathes of words comprising it」からの引用です。


ディキンソンの詩は、岩波文庫版では '"Hope" is the thing with

feathers?' を参照しています。
この詩全体を以下に引きます——

"Hope" is the thing with feathers -
That perches in the soul -
And sings the tune without the words -
And never stops - at all -

And sweetest - in the Gale - is heard -
And sore must be the storm -
That could abash the little Bird
That kept so many warm -

I've heard it in the chillest land -
And on the strangest Sea -
Yet - never - in Extremity,
It asked a crumb - of me.

「希望は羽根をつけている　と　けっして休むことなく　嵐のなかも　冷え冷えとした土地でも　見知らぬ海でも」の部分はディキンソンの詩全体を踏まえ、さらに最後の「けっしてわたしにパン屑をねだったことがない」は、最後の２行「Yet - never - in Extremity, ／ It asked a crumb - of me」を引用しています。

（第45代アメリカ合衆国ドナルド・ジョン・トランプ大統領就任に際して）

In Summer Day

In summer day, among the trees, silver birches,
You just find an unknown bird singing.
On the eternal branches,
The bird greets the ancestors and the descendants.

In summer day, among the trees, silver birches,
You just find an unknown flower asking
To all friends on the green earth -
"You bless this day, cherish these days for ever! "

In summer day, among the trees, silver birches,
You just find an unknown yourself opening,
Under the eternal branches,
The human being starts singing a new song,
Following the bird and the flower,

August 13, 2011

(To H)

夏の日

夏の日　木々の、白樺のあいだ
あなたはみつける　見知らぬ鳥が鳴くのを
永遠の枝のうえ
鳥は先祖と子孫に挨拶する

夏の日　木々の、白樺のあいだ
あなたはみつける　見知らぬ花が
みどりなす地球の、すべての友らに求める、
“この日を感謝し、この日々を祝福して、永遠に”

夏の日　木々の、白樺のあいだ
あなたはみつける　見知らぬあなた自身がひらくのを
永遠の枝のした
ひとという存在が新しいうたを歌いはじめる
鳥と花とに寄り添いながら

August 13, 2011

（Hに）

この名にきくのは

‘m’ではじまる
ねこのうた
あなたのくにで
‘ミ - ア - ウ’と。

‘n’ではじまる
ねこのうた
このしまじまで
‘ニ - ャア - ウ’と。

いつもきいています
あなたのなまえに
ねこのなきごえを、

ねこはすんでいるんです
この名に、

パスカル・キニャール

2018年5月14日

On entend dans ce nom

Commence par ‘m’
Le chant du chat
dans votre pays;
‘mi-a-ou’.

Commence par ‘n’
Le chant du chat
dans ces î les;
‘ny-a-ou’.

On entend toujours
dans votre nom
un miaulement,

Le chat habite
à ce nom,

Pascal Quignard

Le 14, mai 2018

（パスカル・キニャール［Pascal Quignard、フランスの詩人・作家］
〔「パスカル・キニャールの対話」（東京大学駒場キャンパス、2018）〕に）

ねこのとおりみち

ねこをじっとみていると、
まわりにいるひとがうかびあがってくる。
黙っているけど、ねこが教えてくれること、
こんなに多いって。

フランス、日本、イギリス、アメリカ。
時と場所で変わっても、ネコをみると、ヒトのことがわかってきます。
もしかして、未来も？

カワいい、けど、それだけじゃない。
ヒトのそばにいるからこそ、
ネコをとおして浮かびあがってくるヒトの性（さが）があらわになる。
もしかして、ヒトの未来もネコが予見してくれている？

La voie du chat

Regardant des chats,
S'apparaissent les hommes autour des chats
Les chats se taisant, ils enseignent
C'est beaucoup que comme ca.

France, Japon, Angleterre, Etas-unis.
On comprend des hommes si le temps et les endroits se changent.
Et, au future?

Mignon, certes, non seulement mignon mais⋯
C'est pres des hommes ou
S'apparaissent les natures humaines a travers les chats
Et, les chats prevoient le future humaine?

（ミリアム・トネロット〔Myriam Tonelotto〕の映画
『ねこを探して（La Voie du Chat / The way of the cat）』〔2009〕に）

これは……


これは……何、なのかな……。

ひとの「作品」がある。

録音された音楽だったり、映画だったり、写真だったり、いろいろ。

声がかかったりかからなかったりして、ことばをつむぎ、おりあげる。

ライナーノートや本のしおりやネット記事や展覧会カタログや、ことばが印字される媒体はさまざま。

印字されたかたちはどこかしら居心地がわるく、すこしずつ手をくわえてゆくそのうち、べつのものに。

読まれるとはかぎらないながら、宛先が、固有名の宛先がそれぞれにあるのは変わらない。

読み手にとって、宛先は必要でないかもしれない。だから宛先はさいごに。てらしあわせてなにか気づいたりおもしろがれたりすることもある、か。

小沼 純一（こぬま・じゅんいち）

1959年生。音楽・文化批評家、詩人。早稲田大学文学学術院教授。第8回出光音楽賞（学術・研究部門）。
おもな著作は、創作として『し　あわせ』『アルベルティーヌ・コンプレックス』『SOTTO』『しかが』『しっぽがない』『ふりかえる日、日』。音楽関連として、『ピアソラ』『ミニマル・ミュージック その展開と思考』『武満徹音・ことば・イメージ』『パリのプーランク その複数の肖像』『アライヴ・イン・ジャパン日本で音楽する外国人たち』『サウンド・エシックス これからの「音楽文化論」入門』『バカラック、ルグラン、ジョビン 愛すべき音楽家たちの贈り物』『バッハ「ゴルトベルク変奏曲」世界・音楽・メディア』『魅せられた身体 旅する音楽家コリン・マクフィーとその時代』『本を弾く　来るべき音楽のための読書ノート』『リフレクションズ』『映画に耳を　聴覚からはじめる新しい映画の話』ほか。

ことば より そう

2024年11月25日　初版第1刷発行

著　者　小沼純一
発行者　森下紀夫
発行所　論 創 社

〒101-0051　東京都千代田区神田神保町2-23 北井ビル
tel. 03(3264)5254　fax. 03(3264)5232　https://ronso.co.jp
振替口座　00160-1-155266

編集　志賀信夫
カバー装画　玉村幸子
装釘　野村　浩
印刷・製本　中央精版印刷　　組版　フレックスアート

ISBN978-4-8460-2482-6　